PHYSIOLOGIE

DE LA

GALERIE VIVIENNE

ET DES DEUX PAVILLONS

Chroniques et Histoire
de leurs Constructions anciennes et modernes
et de leurs Environs

ANECDOTES CURIEUSES, ETC., ETC.

PAR

EUGÈNE ROUX-MARC

Prix : 25 centimes

FABRIQUE 4

PARIS

5-7, GALERIE VIVIENNE

1851

LISTE PAR ORDRE ALPHABÉTIQUE
DES COMMERÇANTS
DE LA
GALERIE VIVIENNE

BASSET, instituteur, galerie des Petits-Pères, 5.
BAUER, papetier, 43.
BELOT (mesdames), maison d'éducation de jeunes personnes, 23.
BONHOMME, marchand de parapluies, 11.
BOURZÈS, bottier, 50.
BRIET, fabricant d'allume-feu, 29.
BRUNIER, marchand de cravates, 9.

CESCONI, papiers peints, 48.
CHANTEPIE, dépôt de bougies de la Plata, 51.
CHATILLON, pâtes et farines pour potages, 26 et 28.
CLAVERIE, coutelier, 58.
CLÉMENT, cravates, 63.
COLOMBIER, musique, 72.
COQUENTIN (madame), professeur d'anglais, 44.
COUQUOT, chapelier, galerie des Petits-Pères, 9.
CRÉBOIS (madame), dessinateur, 12.
CRESSON-DORVAL, chirurgien, galerie des Petits-Pères, 5.
CROUÉ, cravates, 68.

DELRIEU, fabricant de parapluies, 61.
DEMARCONNAY, cuisine de ménage, galerie des Petits-Pères, 5
DOLISIE (Léon), fabrique de châles, 1 et 3.

FAVARGER, professeur d'écritures, 44.
FOURNEAUX (Ve), fabricant d'orgues, 64 et 78 bis.
FRUCHET, parfumeur, 27.

GIRAULT, graveur, 31.
GONDOLO, pâtissier, galerie des Petits-Pères, 5.
GONZENBACK, cabinet littéraire, 60 et 62.
GRESSER, chapelier, 4.

(Voyez la suite, à l'avant-dernière page.)

PHYSIOLOGIE

DE LA

GALERIE VIVIENNE

ET DES DEUX PAVILLONS.

Nous sommes bien loin des temps où Paris, l'antique Lutèce, tirant son nom des boues (*lutum*, limon) qui l'environnaient, se doutait peu du rôle brillant qu'elle rempl rait un jour dans le monde des cités.

Aussi toute intéressante que puisse être cette époque, ne voulons-nous entretenir nos lecteurs que des quelques siècles qui ont précédé celui où nous vivons, et qui, donnant à certaines parties de la capitale de la France, de notables changements, ont servi de transition au luxe et à la prospérité de l'époque actuelle.

Parmi les quartiers de Paris, il en est peu qui aient une transformation si différente de ses premiers âges et de ses premiers aspects que celui du Palais-Royal.

La galerie Vivienne qui y fait suite sera pour nous le principal objet de notre attention.

Mais, comme pour bien connaître une personne dans une famille, il faut jeter quelques lumières sur les membres qui la composent, nous rappellerons quelques notions sur les différentes rues qui entourent le principal sujet de ce petit ouvrage.

1

La RUE NEUVE-DES-PETITS-CHAMPS a été ainsi nommée
pour la distinguer de celle Croix-des-Petits-Champs, sa
voisine, qui comme elle tirait son nom des petits champs
qui la composaient et au milieu desquels s'élevait une croix
du côté de la rue Saint-Honoré, tandis que dans la rue
neuve, il n'y avait aucun signe particulier qui la distinguât
de son aînée, si ce n'est sa nouveauté. La rue Croix-des-
Petits-Champs jouissait donc d'une supériorité qui a perdu
beaucoup de sa splendeur et qui a été éclipsée par sa ca-
dette. Puisque nous parlons de la rue Croix-des-Petits-
Champs, il n'est pas hors de propos de rappeler que
dans cette dernière rue fut sauvé, par l'effet du hasard, le
jeune Caumont de la Force, dont tous les chroniqueurs ont
raconté l'histoire, mais qui nous entraînerait trop loin de….
la galerie.

La rue Neuve-des-Petits-Champs était autrefois peuplée
de plants de laitue et d'oseille, à la différence de notre
époque, où les légumes dans cette rue n'apparaissent que
pendant quelques heures le matin, tout honteux, se cachant
presque dans de petites voitures, tant la rue a renié son
origine et a métamorphosé son terrain potager en fonda-
tions de nombreux et riches magasins.

Sur cette rue commerçante, la galerie Vivienne a une de
ses entrées par laquelle arrive la foule qui sort du Palais-
Royal, jalouse de visiter un autre bazar non moins brillant
des produits parisiens. Une autre entrée de la galerie est
ouverte sur la rue Vivienne.

Cette rue doit son nom à celui de Vivien, riche famille
dont un des membres, René Vivien, était en 1554 seigneur
du fief de la Grange-Batelière, dans les environs. Cette famille fit construire les premières maisons de la rue Vivienne
du côté de celle des Filles-Saint-Thomas, où s'éleva en
1642 le couvent des Filles de ce nom. La rue Vivienne était
jadis une voie romaine qui menait à Saint-Denis, et qui

bordée selon l'usage des anciens de nombreuses sépultures, a offert aux fouilles des archéologistes de nombreux débris, parmi lesquels on a découvert des cuirasses de femmes, d'où il s'ensuivrait, selon la remarque de quelques auteurs, que les modistes de la rue Vivienne actuelle ont eu pour ancêtres des amazones.

Le bâtiment qui forme l'un des coins de la rue, du côté gauche, à partir du Palais-Royal, le numéro 1 dont les murs couverts de gazon forment presque une ruine au milieu de cette activité incessante du commerce, bâtiment qui s'étend jusqu'à la rue Colbert, appartenait autrefois au cardinal Mazarin.

Cette propriété fut depuis partagée en deux ; la premier partie, depuis la rue Neuve-des-Petits-Champs jusqu'à la Bibliothèque, fut donnée au duc de la Meilleraye et devint en 1719 le siége de la Compagnie des Indes, puis devint le Comptoir général des finances, puis la Bourse, puis le Trésor.

L'autre partie, hôtel de Nevers, devint la Bibliothèque royale.

Devant les maisons adossées à cette dernière partie, la galerie Vivienne a une seconde entrée.

La dernière issue s'ouvre sur la rue de la Banque, nouvelle rue qui a remplacé le passage des Petits-Pères qui conduisait au couvent de ce nom, sur la fondation duquel nous dirons quelques mots.

Marguerite de Valois, première femme de Henri IV, avait établi, en 1607, dans l'intérieur de son palais, vingt Augustins déchaussés ; puis, sans motif connu, les remplaça par des Augustins de la réforme de Bourges ; les religieux expulsés se retirèrent en Dauphiné, dans leur couvent de Villars-Benoît. Au mois de juillet 1619, ils revinrent à Paris et obtinrent, le 19 juin suivant, de M. de Gondi, la permission d'y bâtir un couvent de leur réforme. D'abord ils s'établirent hors de la porte Montmartre, près de la chapelle Saint-Joseph, aujourd'hui marché du même nom ; mais, s'y trouvant peu commodément, ils achetèrent en 1628 un grand terrain dans un endroit appelé les Burelles, près du Mail.

Le 9 décembre 1629, le roi posa la première pierre de leur église, et voulut qu'elle portât le nom de Notre-Dame-des-Victoires. C'était une marque de la reconnaissance de Louis XIII envers la Vierge qui, disait-il, l'avait aidé à triompher des protestants.

En 1656, on commença une nouvelle église, la première se trouvant trop petite pour la population de ce quartier ; c'est celle qui existe actuellement.

Quant au nom de Petits-Pères qui servait à distinguer ces religieux, quelques historiens pensent que ce nom leur fut donné en raison de la petitesse, de la pauvreté de leur établissement ; d'autres racontent que le roi Henri IV ayant aperçu dans son antichambre les pères Mathieu de Sainte-Françoise et François Anet qui étaient forts petits, demanda à plusieurs seigneurs ce que désiraient ces petits pères, et que dès-lors on continua à les désigner ainsi.

Il paraît que quelques-uns de ces petits-pères, tout petits qu'ils étaient, n'étaient pas étrangers à une vie mondaine.

On lit dans les mémoires de Dangeau : « On veut établir « une réforme dans les Petits-Pères à Paris, car on en a « chassé plusieurs qui menaient une conduite un peu « scandaleuse. Ces religieux avaient des portes par où ils « entraient et sortaient sans être vus, et y faisaient entrer « des femmes. Ils avaient des chambres et des lits ou rien « ne manquait, jusqu'aux toilettes, et où ils faisaient bonne « chère. A la fin le roi y a mis la main. »

De notre temps, ces désordres n'existent pas : autres temps, autres mœurs.

Rentrons maintenant dans la galerie Vivienne, et citons une chronique dont les faits se sont passés, dit-on, sur son emplacement.

Un vieux manuscrit, tout taché et déchiré, trouvé chez un étalagiste du quartier latin, et que nous avons lu rapidement, pour satisfaire notre curiosité, nous a fourni cette chronique.

Nous regrettons de ne pas avoir fait l'acquisition de ce manuscrit, mais à cette époque, et il y a assez longtemps, nous nous contentâmes d'en prendre note. Nous ne pensions pas avoir jamais besoin d'en faire usage et de le montrer à des lecteurs assez incrédules pour ne pas ajouter foi à nos paroles ; mais dans le cas ou quelques doutes s'élèveraient à cet égard, nous ferons remarquer que nous la donnons pour distraire un instant le lecteur, et ce qui, du reste, nous ferait croire qu'elle n'est pas inexacte, c'est qu'elle s'applique parfaitement aux accidents du terrain et aux découvertes qui y ont été faites, comme on verra par la suite.

Ceci posé commençons :

———

On dit que bien longtemps avant que le seigneur ou la famille de Vivien n'eût élevé les constructions dont nous avons parlé, une maison ou plutôt une espèce de demeure avait surgi au bord des cultures qui formèrent depuis la rue Neuve-des-Petits-Champs. C'était une taverne où de rares passants et quelques cavaliers surpris par le mauvais temps, faute d'autre gîte, venaient faire reposer leur monture.

Il n'est pas impossible que cette taverne qui s'appelait, dit-on, Taverne des petits *Chants,* à cause des chansons joyeuses, entendues quelquefois pendant la nuit dans cette retraite, mais que souvent l'air raréfiait à cause de l'immensité de cette demi-solitude, n'ait contribué à conserver à cette voie le nom qu'elle a adopté.

Il ne faut pas croire que malgré ces chants l'harmonie régnât toujours dans ce gîte ; des disputes et des rixes fréquentes s'élevaient parmi les buveurs, composés le plus souvent de routiers ou malandrins, qui venaient même dans le jour guetter du côté où existe actuellement la rue Videgousset, le gousset des voyageurs attardés, et dépenser au cabaret le produit de leurs vols et de leurs rapines.

Cette demeure s'appuyait sur une construction plus ancienne, gothique, sombre et sévère demeure féodale, et qui s'étendait sur un assez large emplacement.

La chronique n'est pas d'accord sur le nom du propriétaire de ce fief ; on prétend que ce fut le connétable d'Amaury ou d'Aumaury ; nous prenons le premier nom, peu importe d'ailleurs au récit ; il avait épousé une jeune fille d'une remarquable beauté et qui se nommait Marguerite de Champfleury.

Un soir d'octobre, pendant que le ciel sombre et nuageux préparait un orage, un jeune cavalier à la mine noble et fière entra précipitamment chez le tavernier.

« Holà, dit-il, notre hote, tavernier de malheur, si j'en juge par les apparences ; à souper et promptement. Une chambre et un lit ; aie soin de mon cheval, c'est une bonne et vaillante bête. Voici de quoi te payer ; mais fais vite ; je suis pressé. »

Et, en disant ces mots, il jeta quelques pièces d'or sur la table.

« Vous serez obéi, mon gentilhomme, répliqua Trappu le tavernier, homme à la figure fauve et aux jambes torses, qui à la vue des espèces s'inclina jusqu'à terre et disparut pour ainsi dire dans sa révérence, tant elle était profonde, sa taille petite et la salle obscure, vous serez obéi !... Je suis connu certes pour mon...

— Silence, répliqua l'étranger ; conduis-moi , je suis pressé. »

L'hôte prit une mauvaise lumière et tous deux montèrent un vieil escalier vermoulu, dont les marches en planches mal jointes se plaignaient à chaque pas et menaçaient ruine.

Le cavalier suivit se tenant d'une main à la corde qui servait de rampe et de l'autre caressant son poignard, de peur de mauvaise rencontre.

On s'arrêta au premier étage ; il était difficile de monter plus haut, il n'y avait que celui-là.

Un vieux lit à grands rideaux, une table humide et verdâtre, des escabelles boiteuses en face de la porte, un vieux bahut où les doigts du temps et les couteaux des habitués du lieu avaient dessiné des hiéroglyphes, composaient l'ameublement.

« Merci, dit l'étranger en s'emparant de la lumière et en congédiant son hôte d'un mouvement un peu brusque ; bonsoir !

— On voit que vous êtes pressé, mon gentilhomme, dit Trappu en dégringolant vers la porte (nous demandons pardon pour ce mot qui exprime ici le fait), tant le geste de l'inconnu avait été rude... La vivacité du reste ne m'est pas étrangère, mais... »

Le cavalier sans répondre ferma la porte sur lui. Heureusement que le tavernier connaissait toutes les dépendances et localités de son domaine, sans cela maître Trappu aurait couru grand risque de mériter davantage son nom.

Bientôt le bruit de ses pas s'éteignit, les marches cessèrent de crier et notre inconnu resta seul.

Un œil curieux pénétrant dans l'intérieur de la chambre aurait pu voir cet étranger parcourir un papier qu'il lut et relut plusieurs fois, s'arrêtant à chaque ligne et réfléchissant.

La longueur de l'écrit n'était probablement pas cause de cette attention et de cet intérêt soutenus, car il ne contenait que ces mots :

« Quittez le camp, demandez une chambre à l'hôtellerie des Petits-Champs. Le reste me regarde. Ne perdez pas un instant; il s'agit de..... »

Là il y avait quelques mots, puis une signature illisible ou effacée dans la rapidité de l'exécution de l'écriture.

Mais ces caractères ne paraissaient pas inconnus à l'étranger, tant il paraissait mettre de l'intérêt à les parcourir.

Au moment où pour la vingtième fois peut-être ses yeux passaient d'une ligne à l'autre et recommençaient sans interruption, un bruit sourd, puis sec et saccadé partant du bahut placé en face de lui attira son attention.

Il leva la tête, mais le mouvement que lui occasionna cette surprise lui fit faire un mouvement brusque... La lumière s'éteignit. Cependant une éclaircie du ciel lui permit de voir assez encore pour distinguer ce qui se passa devant ses regards... La porte du bahut s'ouvrit, un bras s'allongea, une main lui fit signe d'approcher.

Sans la moindre crainte, quoique son cœur battît avec force, le jeune cavalier se leva, mit sa main dans la main étrangère qui l'attira de son côté... Il suivit cet entraînement, passa par l'étroite ouverture, puis le bahut se referma, en laissant à maître Trappu la libre disposition des lieux.

Malgré cette libre disposition ce fut en vain que le tavernier fit quelques instants après résonner ses jambes torses contre les ais de la porte, pour avertir le cavalier qu'il apportait le souper.

Le cavalier ne répondant pas et la lumière étant éteinte, Frappu pensa que le voyageur s'était endormi et remporta le festin ; c'est-à-dire le plat ou ragoût qui servait à le composer en entier. Il le descendit dans la salle basse et en goûta quelque peu pendant qu'il était chaud : ce qui rentrait du reste dans ses habitudes.

Pendant ce temps le cavalier s'avançait dans les ténèbres, guidé par cette main inconnue, qui semblait n'appartenir à aucun corps, tant l'obscurité était profonde, tant ce corps glissait doucement, ou bien encore à cause des vêtements sombre qu'il avait revêtu.

Les éperons du cavalier résonnèrent d'abord sur de arges dalles, puis au bout de plusieurs minutes ses bottes s'amortirent sur des tapis moelleux, un air plus doux et moins froid caressait sa figure. Bientôt il se trouva dans une magnifique chambre, aux panneaux de bois artistement sculptés, aux ogives découpées, partout des tentures, au milieu une espèce de badalquin entouré de rideaux de velours armoiriés formant le lit, un prie-Dieu gothique... Et tout cela éclairé par les rayons de la lune dont les nuages laissaient échapper la lumière par intervalles au milieu des préparatifs de l'orage.

Pendant que ses yeux cherchaient, erraient au hasard, la main conductrice s'était subitement dérobée à la sienne et le conducteur mystérieux avait disparu.

Quand ses yeux se furent habitués à cette demi-obscurité, il aperçut comme une forme blanche, indécise, qui se leva dans un des pénombres de l'appartement.

« Est-ce vous, dame Yvonne? dit une voix qui fit tressaillir le cavalier.

— Qu'entends-je?... Serait-ce bien vous, demoiselle Marguerite? reprit l'inconnu.

— Merci, Tigellin, reprit celle-ci; vous êtes venu, je vous remercie. » Et sa voix triste et douce n'exprimait aucune surprise, tant la châtelaine paraissait avoir compté sur l'arrivée du cavalier.

Elle lui tendit une main parfaite de grâce, de blancheur et de distinction.

Mais celui-ci ne la prit pas, et continua :

« Une voix secrète m'avait fait reconnaître cette écriture tremblante, dit-il, mais, je doutais encore ; car. comment expliquer votre présence dans ce château, lorsqu'en vous quittant, jadis, vous étiez encore dans le château de vos pères ?

— Plaignez-moi, Tigellin, car depuis j'ai bien souffert !

— Mais vous ne me répondez pas, dit-il d'une voix que l'émotion faisait vibrer ; quel est donc ce manoir ?

— Le manoir d'Amaury !

— Et qu'à de commun le manoir d'Amaury avec demoiselle Marguerite.

— C'est que le manoir d'Amaury a remplacé pour moi le château de mes pères, et que le connétable, seigneur et maître de ce fief, l'est aussi de demoiselle Marguerite. Il faut tout vous dire, Tigellin ; le connétable est mon époux.

— Ah ! je ne le crois pas, je ne veux pas le croire, s'écria douloureusement Tigellin ; c'est impossible !... Non, c'est vrai, reprit-il en passant dans son égarement d'une idée à une idée contraire, je suis un insensé !... Et comme en continuant une phrase dont la pensée était commencée depuis longtemps, et se parlant à lui-même tout bas : Je n'étais qu'un simple capitaine, et.....

— Asseyez-vous, mon ami, lui dit-elle, et écoutez-moi.

— Que voulez-vous de moi, madame la connétable ? dit-il avec un sourire amer et en s'inclinant avec une ironie respectueuse.

— Je vais vous le dire ; asseyez-vous. » Et comme Tigellin restait toujours debout, froid et immobile, elle lui indiqua un siége.

Pendant que l'âme de Tigellin se perd dans de mélancoliques pensées et s'y donne tout entier, au lieu d'écouter les paroles de Marguerite, disons quelques mots sur le caractère de ces deux personnages.

L'ambition avait été cause de l'union de Marguerite avec le sire d'Amaury. Les splendeurs de la cour, les fêtes, le titre de femme de connétable, de nombreux fiefs, les hommages des vassaux avaient eu plus d'attrait dans le cœur de Marguerite que la perspective d'une vie simple et modeste avec le jeune capitaine.

Ce n'était pas que Tigellin, par son caractère franc et loyal, par son dévouement sans bornes, n'eût inspiré quelque intérêt à Marguerite, mais ce n'était pas un homme sur le bras duquel elle pouvait s'appuyer avec orgueil.

Comment cet amour avait-il pris naissance? La chronique ne le dit pas, et nous n'en savons pas plus qu'elle.

Seulement ils s'aimaient, ou plutôt Tigellin aimait; mais on prétend qu'il n'avait jamais fait part de ses sentiments et qu'il n'avait jamais parlé de ses projets d'union; il attendait... et nous dirons pourquoi. Mais, cet amour, il le sentait si bien, qu'il pensait que Marguerite devait le partager ainsi que tout les rêves qu'il avait faits; son âme s'était tellement identifiée avec la sienne, qu'il croyait qu'elle devait éprouver les mêmes pensées, il lui semblait que sentir c'était parler; mais, en même temps, cet amour était si grand dans son cœur, occupait tant de place dans son être, était si dominateur qu'il paralysait sa bouche, ne sachant comment trouver des paroles assez senties, assez élevées pour exprimer toute la profondeur de ce sentiment. Il trouvait, du reste, Marguerite si belle, il voyait tant de perfection dans cette figure, tant de dignité dans le regard, qu'en sa présence il était intimidé, et paraissait calme, tant il y avait de pression dans son cœur et tant la foule des pensées fermentait dans son esprit.

Ah! ce n'était pas de ces amours vulgaires qui existent et passent avec un beau langage. C'était le cœur seul qui

parlait; le sien était donné à jamais à Marguerite. Autrefois la devise des anciens preux était : Dieu et les Dames.
Tigellin, lui, disait : Dieu et Marguerite. Il commençait déjà
la transition vers notre époque, où l'on honore toujours les
dames, mais où l'on oublie souvent d'invoquer Dieu.

Il sentait, du reste, une si grande distance à combler
pour se rapprocher de Marguerite qu'il plaçait si haut, il
se sentait si peu de chose pour obtenir le bonheur d'une
telle affection, qu'il avait voulu attendre que la fortune des
armes et les circonstances, lui venant en aide, pussent lui
accorder les moyens d'offrir à celle qu'il aimait un sort plus
digne d'elle, une perspective plus souriante.

Il avait voulu attendre... Pauvre Tigellin ! comme si la
fortune pouvait changer sa position modeste, à lui presque
inconnu, et promptement, selon son désir, en une destinée
brillante, semblable à celle qu'il voulait offrir à Marguerite.
C'était un enfant, il faut l'avouer ; mais l'amour est aussi un
enfant. Tigellin aimait... et il espérait.

Il espérait... et celle qu'il aimait lui apprenait son union
avec un autre !...

Il était impossible, du reste, que celle-ci, avec le sens
exquis que la nature a donné aux femmes, n'eût pas compris depuis longtemps un tel amour, mais une autre passion captivait toutes ses pensées, et cette passion, nous
l'avons dit, c'était l'ambition !

Cependant, depuis le moment où elle l'avait satisfaite,
elle avait senti que là n'était pas encore le bonheur qu'elle
avait espéré. Séduit par sa grande beauté, le connétable,
déjà vieux, avait épousé Marguerite, puis après quelque
temps il l'avait dédaignée. Marguerite, qui l'avait choisi
pour sa haute position, satisfaite de ce côté, avait alors fait
un retour sur elle-même, et y retrouvait d'autres sentiments, ses pensées revenaient alors à Tigellin. Marguerite,
depuis ses chagrins, avait mieux compris cette affection si

dévouée dont elle avait fait un jeu ; résolue à quitter sa demeure, ce manoir tant désiré, où l'ennui et les chagrins avaient remplacé les fêtes et le bonheur espéré, elle voulait avant de partir — la chronique ne dit pas où elle voulait se retirer, — elle voulait se confier à Tigellin, se justifier pour ainsi dire vis-à-vis de lui, car elle se sentait des remords et voulait calmer son désespoir inévitable par le récit des circonstances qui, disait-elle, l'avaient forcée à à ce mariage. Elle avait profité d'une absence du connétable pour donner ce rendez-vous à Tigellin dans le cabaret de Trappu, dont elle connaissait la contiguité avec le manoir, avait fait percer le mur de séparation dans l'endroit de communication avec le vieux bahut gothique, et c'était ainsi que le jeune capitaine était arrivé au château d'Amaury, soustrait à la vigilance des gens du connétable.

Mais Tigellin, comme nous l'avons dit, n'avait guère écouté ; il n'y eut que lorsqu'elle parla de départ que son esprit se réveilla.

« Eh quoi ! dit-il avec une amertume moqueuse, vous voulez quitter ce monde de fêtes et de plaisirs, abandonner un époux adoré... un homme riche, noble et beau, sans doute... car vous avez bien choisi, n'est-ce pas ?

« Mais où est-il donc, cet homme, dit-il, en se levant avec impétuosité et retombant ensuite avec accablement... où est-il, cet homme qui m'a tout ravi ?... »

A cet instant, en guise de réponse, le vent siffla au dehors avec violence et fit frissonner puis pencher les arbres qui entouraient la demeure féodale, la cloche ébranlée de la chapelle du manoir tinta, les rideaux du lit gothique grincèrent sur leurs anneaux, ils glissèrent, et à la clarté de la lune on vit apparaître debout, sombre et immobile, la figure sévère du vieux connétable d'Amaury.

« Fuyez, Tigellin, s'écria Marguerite en se levant vivement, fuyez ! »

Tigellin se leva à son tour, comme un fantôme, mettant la main à son épée, qu'il agita d'un mouvement nerveux et convulsif qu'occasionnaient la surprise, le besoin de la défense, le désespoir de ses pensées.

Mais Marguerite, par un mouvement rapide, souleva une tapisserie qui cachait une porte secrète conduisant aux souterrains du château, mit la main sur le bras de Tigellin, qui céda à cette influence comme un enfant, et lui dit à voix basse de suivre ce souterrain; elle en ferma vivement la porte sur le jeune homme, qui se trouva ainsi subitement séparé d'elle et du connétable.

Alors Marguerite, restée seule avec le danger, se tint un instant immobile, puis, tournoyant sur elle-même, tomba froide et inanimée sur le parquet.

Pendant la scène qui doit se passer entre Marguerite et le connétable, suivons un instant Tigellin dans le souterrain.

Tigellin se rejeta sur la porte pour venir au secours de Marguerite, mais la porte lourde et massive ne s'ouvrait qu'avec un secret connu seulement des maîtres de cette demeure. Malgré les efforts du capitaine, la porte resta immobile.

Forcé de rester dans cet endroit, Tigellin descendit un assez grand nombre de marches qui le conduisirent au sol de cette galerie souterraine; les bras étendus devant lui dans l'obscurité, il cherchait à s'orienter dans ces ténèbres épaisses et humides, et en glissant sur un sol fangeux. Bientôt, marchant toujours, il sentit, vers la droite, sous sa main comme une cloison qui fléchissait. C'était une porte qui conduisait dans une ramification du souterrain. Ce n'était pas cette direction qu'il fallait suivre; car, pour arriver à l'ouverture au dehors, il fallait continuer en ligne droite sans s'écarter; mais Tigellin l'ignorait; fatigué d'avoir cherché depuis longtemps, il saisissait avec empressement la première issue qui se présentait à lui.

Il poussa la porte avec précaution.

Mais après dix minutes de marche dans cette nouvelle direction, ses pieds se dérobant sous lui à l'improviste sur ce sol humide, il tomba dans une profonde excavation.

. . . .

. . . .

Combien de temps resta-t-il sans connaissance ? nul ne le sait ; mais quand il revint à lui et qu'il voulut se relever, ses jambes fracassées le clouèrent à la terre, ses deux bras en outre étaient meurtris. Une humidité chaude imprégnait ses vêtements : c'était son sang qui coulait.

Dans cette triste situation, il se traîna sur les genoux, rampant et s'appuyant sur son poignard qu'il enfonçait dans le sol ; il s'attirait ainsi pour s'avancer, marquant chaque pas du sang de ses blessures... Bientôt, arrivé au bout de cette route souterraine, il tomba épuisé de fatigue et baigné dans son sang.

Cet endroit était un impasse, retraite pour les malfaiteurs qui avoisinaient les petits champs dont nous avons parlé ; dans leurs fréquentes excursions, ils avaient facilement découvert l'issue du souterrain par laquelle Tigellin aurait pu trouver la liberté ; ils s'étaient engagés dans cette voie souterraine, puis ayant trouvé en tournant des excavations assez profondes pour en faire un asile sûr pour y renfermer le fruit de leurs déprédations, bien loin de réparer l'éboulement des terres, ils avaient, pour plus de sécurité, agrandi l'ouverture. Connue seulement de leurs chefs, cette retraite était devenue impraticable à tout autre. La mort menaçait l'imprudent qui s'y serait engagé sans guide, et c'était là qu'était venu tomber le malheureux Tigellin.

On présume que l'infortuné resta là trois ou quatre jours, incapable de se mouvoir, épuisé par la perte de son sang, sans secours et sans nourriture, espérant toujours que quelqu'un envoyé par Marguerite le tirerait de cette position.

Mais Marguerite l'avait probablement oublié, car personne ne vint !. . . . .

. . . .

Le quatrième jour se sentant bien faible, sentant aussi que la mort était bien lente à venir au milieu de tant d'angoisses, éprouvant les tortures de la faim, il reprit son poignard et traça avec la pointe au hasard, dans les ténèbres, avec son sang, quelques caractères sur des tablettes, puis retournant le poignard, et après avoir invoqué le nom de Marguerite et Dieu, il s'enfonça la lame dans le cœur, pencha la tête et expira...

Quelques jours après cette mort, deux hommes à figure sinistre, portant un lourd fardeau et une lanterne, pénétraient dans ces profondeurs.

C'était deux des coupe-bourse dont nous avons parlé. Ils venaient visiter leur domicile et l'enrichir d'une nouvelle proie. Ils y découvrirent le corps du malheureux Tigellin.

Pensant avoir une récompense, nos deux hommes rapportèrent le cadavre au manoir.

Le connétable d'Amaury venait d'y arriver ; on lui avait appris que sa femme, dame Marguerite de Champfleury, avait été trouvée, il y avait plusieurs jours, morte la nuit, devant le portrait en pied de son mari, situé au fond du lit de la chambre à coucher.

Personne n'avait pu lui donner des explications à ce sujet.

Dame Yvonne, interrogée, garda le silence ; mais elle avait compris, en voyant tous les signes de l'effroi sur la figure décolorée de sa pauvre maîtresse, que la frayeur avait été cause de cette mort inopinée. Le vent d'orage avait soulevé les rideaux, et dans la disposition d'esprit où se trouvait dame Marguerite à ce rendez-vous secret avec

Tigellin, en proie à la crainte, la figure du portrait lui avait paru animée : elle avait pris le tableau pour le connétable.

C'était aussi ce qui avait perdu le malheureux Tigellin.

Le connétable regarda froidement le cadavre de ce dernier ; il lui était entièrement inconnu. Puis, jetant les yeux sur les deux singuliers visiteurs, et jugeant à leur physionomie ingrate qu'ils étaient bien capables d'un crime, et d'après les blessures du cadavre, il livra ces hommes à la justice.

Or, comme ces Messieurs en avaient commis plus d'un, et que les tablettes n'avaient pas été aperçues par eux, leur récompense fut toute autre qu'ils ne l'avaient espéré. Ce fut un gibet. C'était justice. Et tout en se trompant sur un fait, cette dernière fut juste.

Dame Yvonne avait rebouché le trou à la muraille, de sorte que personne ne se douta de l'aventure. Plus tard, elle retrouva les tablettes, ce qui lui fit tout connaître.

Maître Trappu parut persuadé et répandit dans le pays que le diable avait emporté le jeune cavalier et son cheval. C'était par précaution, car il s'empara de la bête ; il ne laissait jamais rien traîner, c'était toujours par précaution et rentrait encore dans ses habitudes.

Dame Marguerite fut enterrée dans une petite chapelle au bout du manoir. Dame Yvonne seule vint y verser des larmes, et bientôt les siècles accumulés, apportant leur destruction habituelle, firent de ces monuments de tristes ruines et ensevelirent dans l'oubli cette fatale histoire.

Là, avant la construction de la galerie, les ruines d'une chapelle existaient encore au fond de la cour de la maison, rue Vivienne, n° 6, qui fait actuellement partie du passage. Elle était située à peu près un peu avant l'emplacement carré de la galerie qui mène à la rue Vivienne. Cette chapelle avait reçu les restes d'une personne, vieille demoiselle, ancienne propriétaire de la maison. A la suite de cette chapelle existait un chemin souterrain qui conduisait secrètement au cloître des Petits-Pères. Ce chemin servait à la même personne pour y aller faire ses exercices de religion. On pense que la chapelle dont nous venons de parler est celle ou fut inhumée aussi Marguerite de Champfleury, et que le chemin souterrain fut celui par lequel le malheureux Tigellin avait commencé sa route, l'issue de ce souterrain a été découverte dernièrement et coupée lors des travaux de terrassement de la nouvelle rue de la Banque. Ce souterrain sert de cave aujourd'hui et a son entrée par l'escalier, n° 44, de la galerie.

On pense également que la ligne transversale perpendiculaire à la première, où s'égara le malheureux Tigellin, est celle qui s'étend sous terre le long de la grande galerie établie à son tour sur l'emplacement du vieux manoir auquel, du reste, succédèrent beaucoup d'autres constructions.

On pense aussi que la place où périt Tigellin est celle où l'on voit aujourd'hui la statue de Mercure, au milieu de la rotonde de la galerie : on dirait qu'un singulier hasard a voulu rappeler la chronique, Mercure, Dieu des voleurs, a été placé à l'endroit où les voleurs d'ancienne date avaient établi leur retraite. On pense bien, du reste, que cette statue n'a pas été placée pour faire honneur à ces derniers, mais pour rendre hommage aux commerçants, dont Mercure est aussi le Dieu : si par hasard on trouvait quelque épigramme dans ce rapprochement, il serait mal appliqué, surtout aux commerçants de Paris et à ceux de la galerie Vivienne ; honni soit qui mal y pense. Et s'il y a quelque reproche à adresser, il faut le faire à la mythologie.

Ce terrain, on le comprend, n'a pas toujours conservé sa ramification souterraine. Il avait été converti en jardin, ce n'est que plus tard, par suite des constructions voisines, qu'il a été rétabli dans son état primitif.

Ce jardin, qui s'étendait depuis la rotonde de la galerie jusqu'au bout de celle-ci, servait en dernier lieu au fameux restaurateur Grignon.

Evénement bizarre des choses de ce monde, un restaurateur était venu établir son fonds de commerce sur la place où jadis avait été la taverne de Trappu.

Et la chambre où fut conduit par ce dernier le malheureux Tigellin, dans les lieux occupés actuellement par le libraire éditeur de cet ouvrage !

En 1823, époque où commence l'édification de la galerie, le restaurateur Grignon, comme nous l'avons dit, avait son établissement rue Neuve-des-Petits-Champs, maison actuellement numéro 4, ayant à sa suite un jardin qui s'étendait en droite ligne, dépassant l'issue ouverte actuellement au côté des Petits-Pères et suivant à peu près jusqu'aux marches avant la cour carrée, du côté de la rue Vivienne. Depuis cet escalier, et en faisant retour jusqu'à cette rue, s'étendait la maison numéro 6 de ladite rue où existait une cour, les ruines de la chapelle dont nous avons parlé, et au premier étage l'étude d'un notaire.

Cet homme, qui dut sa position et sa fortune à son travail, et qui, pour empêcher le sommeil de venir interrompre ses veilles incessantes, employait tous les moyens pour le combattre, puis faisant céder le corps à l'énergie de la volonté, se courbait de nouveau sur le papier, cet homme, qui sut triompher des obstacles par sa persévérance dans le travail, chose qu'il n'est pas inutile de rapporter ici, à notre époque où l'on veut chercher l'origine des fortunes ; cet homme, devenu par son mérite personnel président de la Chambre des notaires, conçut tout le parti que l'on pouvait tirer de l'emplacement où est située aujourd'hui la galerie Vivienne. Bientôt il acheta tous les bâtiments qui la composent actuellement ; conformément à ses instructions elle s'éleva, et le succès répondit aux espérances ; elle réunit les plus brillants magasins et la foule des étrangers, désireux de connaître et d'emporter de Paris les plus riches et les plus curieux produits.

Mais alors une rivalité voisine s'établit, le passage Colbert s'éleva côte à côte. La galerie Vivienne pouvait trouver là une concurrence redoutable ; la même intelligence qui avait fait construire cette dernière galerie vint compléter son œuvre. La maison située en face, et devenue actuellement passage des deux Pavillons, fut achetée par le même propriétaire. Cette maison était l'hôtel Dorvilliers, qui devait venir en aide au commerce et changer ses écuries en brillants magasins, tant la civilisation marchait et la prospérité du quartier avait hâte de s'étendre. Un passage fut ouvert dans son enceinte ; semblables à deux sœurs qui se tendent fraternellement la main, la galerie Vivienne et celle des deux Pavillons s'aident réciproquement, réunissant également tout ce que le génie commercial et les besoins de la civilisation peuvent produire et désirer, échangeant leurs visiteurs, amenant de l'une à l'autre la foule qui vient soit du Palais-Royal, soit des boulevards. Depuis leur réunion intelligente, les deux galeries n'ont cessé de prospérer, et elle compteront toujours, nous l'espérons, parmi les plus utiles et les plus agréables bazars de Paris.

LIBRAIRIE.

P.-H. KRABBE

LIBRAIRE-ÉDITEUR

ancienne maison DESCHAMPS, succ. A. RIGAUD

5 et 7, GALERIE VIVIENNE.

Cette ancienne Maison, avantageusement connue comme dépôt général de toutes les publications nouvelles, se distingue aussi par le grand assortiment des reliures, cartonnages les plus frais pour la vente du jour de l'an, époque à laquelle 25,000 volumes au moins sont offerts au choix du public, habitué à venir chaque année choisir les cadeaux sans contredit les plus convenables.

ÉTRENNES DE 1851
Ouvrages principaux, reliés, cartonnés ou brochés.

ŒUVRES COMPLÈTES DE CHATEAUBRIAND, 5 forts volumes in-8° jésus illustrés de 30 gravures.

ŒUVRES CHOISIES DE CHATEAUBRIAND, in-8° raisin. Chaque volume illustré de 5 gravures, tirées sur papier de chine.

Génie du Christianisme.	2 v.	Atala, René, le dernier des	
Les Martyrs.	2	Abencerages.	1 v.
Les Natchez.	1	Essai sur la littérature anglaise.	1
Études historiques.	1	Le Paradis perdu de Milton,	
Analyse de l'Histoire de France.	1	trad. de Chateaubriand.	1
Itinéraire de Paris à Jérusalem.	2		

LES FEMMES DE SHAKESPEARE, 2 splendides volumes in-8° jésus, illustrés de 48 gravures anglaises, tirées sur papier de chine. Cet ouvrage contient des notices critiques et littéraires, dues à la plume de nos célébrités, et est précédé de la vie de l'illustre poëte anglais. Ce livre est appelé à trouver place dans toutes les bibliothèques.

LE ROBINSON SUISSE, traduit de l'allemand par Élise Voïart, précédé d'une notice de Charles Nodier; 1 fort volume, illustré de 200 vignettes dans le texte et de 12 tirées à part. Livre recommandé pour la jeunesse.

CAFÉ.

Messieurs **LUBINEAU** et **MARCILLY** viennent de faire l'acquisition d'un très-joli Café, situé galerie Vivienne, 15.

Ces Messieurs apportent un soin tout particulier à la tenue de leur établissement; les objets de consommation y sont toujours d'une qualité incontestable et d'un prix très-modeste, le service s'y fait avec activité et surtout avec la plus grande propreté.

La réunion des personnes qui fréquentent ce charmant établissement ne laissant rien à désirer, jointe à l'extrême politesse des chefs de cette Maison, nous font espérer qu'elle pourra devenir bientôt du premier ordre.

Il y a chez Messieurs Lubineau et Marcilly PLUSIEURS BILLARDS de la plus grande justesse.

TOILES CIRÉES.

ROSIER, succ. de Benoist DELACROIX

GALERIE VIVIENNE, 20 ET 22

Rotonde en entrant par la rue N.-des-Petits-Champs.

Taffetas gommé pour douleurs et autres, chaussons, manches, pantalons, serre-têtes, sacs à éponges et éponges, serre-bras, tabliers de nourrices, toiles cirées et imperméables, tapis de pied et de table, de commode, écrans de feu, vaisselle en cuir verni pour voyage. Grand assortiment de clysoirs, bretelles, jarretières en élastiques végétal et doubles tissus imperméables de l'invention de MM. Rattier et Guibal.

OPTIQUE.

ANCIENNE

MAISON SOLEIL

Galerie Vivienne, 23 et 21.

Spécialité de lorgnettes jumelles pour le spectacle; grande fabrication de baromètres d'appartements et de voyage; dépôt de verres anglais pour conserver la vue, et généralement ce qui dépend de l'optique et des mathématiques.

HABILLEMENTS.

RICHEMONT

Md TAILLEUR

Rue Neuve-des-Petits-Champs, 4, au premier.

Seule Maison spéciale pour pantalons et gilets.

3.

PARFUMERIE.

MAISON

FRUCHET

27, GALERIE VIVIENNE.

FABRIQUE DE SAVON.

Articles de toilette, peignes d'écaille, et imitation, éponges, brosserie, bretelles, jarretières, nécessaires de toilette ; le tout à des prix très-modérés.

EAU BALSAMIQUE et spiritueuse, pour entretenir la beauté des dents et la propreté de la bouche, dont plusieurs années d'expérience ont démontré l'efficacité, fortifie les gencives, prévient les engorgements, entretient les dents propres et luisantes sans nullement en altérer leur émail.

Prix du flacon : 2 fr.

Vinaigre FRUCHET, rafraîchissant, à l'usage de la toilette.

Ce vinaigre est un bouquet des fleurs les plus suaves ou parfum approprié à l'usage sous une forme liquide. Son ensemble est formé de principes bienfaisants, toniques et balsamiques. Par ses qualités salutaires, il est bien supérieur à l'eau de Cologne par ses bases hygiéniques qui lui enlèvent toute action siccative et irritante. Son parfum est préférable aux plus vantés de l'Asie par sa douceur et sa finesse ; il embellit, blanchit et rafraîchit la peau ; il est surtout recommandé pour la toilette secrète des dames. Il ôte le feu du rasoir, dissipe les rougeurs et boutons.

Prix du flacon : 1 fr. 50 c.

ESSENCE à détacher les étoffes de soies, satin, velours et cachemire, sans en altérer le brillant ni les couleurs les plus délicates:

Prix du flacon : 2 fr.

EAU SANS ODEUR à dégraisser les habits, damas de laine, tapis de jeux, les brosses à tête ou à habits.

Prix du flacon : 1 fr. 50 c. et 3 fr.

CHANGE DE MONNAIES.

SOIVE

Galerie Vivienne, 32.

Change les monnaies et les billets de la Banque de France et des banques étrangères. — Escompte les mandats sur le Trésor. — Achète les matières d'or et d'argent. — Médailles antiques et modernes pour collection. ENGLISH EXCHANGE OFFICE, antique and modern coins for collection.

English spoken.

CORSETS.

Nous recommandons à l'attention des Dames l'établissement de MADAME LEBREF, situé dans la galerie Vivienne, au nº 8.

Les Corsets qui sortent de cette Maison sont remarquables par le soin de leur confection, par l'élégance de leur coupe et par la modestie de leurs prix.

LES CORSETS SANS GOUSSETS sont une spécialité que cette Maison seule a si heureusement établie; leur usage est inappréciable sous tous les rapports, ne se déformant jamais et prêtant à la taille une justesse et une flexibilité remarquables.

On trouve également dans ce Magasin DES JUPONS & TOURNURES EN CRINOLINE, et tout ce qui a quelque rapport au Corset.

TARIF

Corsets sans Goussets, avec ou sans dos, à la minute. . . 30 fr.
   »   »   »   avec busc mécanique. 40
   »   à Goussets, depuis 10, 12, 15 fr. et au-dessus.

ON EXPÉDIE EN PROVINCE ET A L'ÉTRANGER.

NOUVEAUTÉS.

MAISON

DU

VER A SOIE

Galerie Vivienne, 9.

Cette Maison, qui tient spécialement les Nouveautés pour Cols, Cravates, Foulards, Cache-Nez, Madras, Chemises, Bretelles et Jarretières, est reputée pour l'heureux choix de ses articles et la modicité de ses prix.

PARAPLUIES.

BONHOMME

Galerie Vivienne, 11, côté de la rue Neuve-des-Petits-Champs.

Fabrique de parapluies les mieux confectionnés et d'ombrelles les plus élégantes, cannes très-variées, fouets et cravaches, siéges portatifs pour promenades et jardins.

Le nouveau propriétaire ne cherche son intérêt que dans la multiplicité des ventes, à établir des prix, sans concurrence possible.

Échange et raccommodages, fait la commission et l'exportation.

CHIRURGIE DENTAIRE.

HATTUTE

Galerie Vivienne, 13.

M. Hattute, chirurgien-dentiste de l'état-major général de la première division militaire, de plusieurs maisons d'éducation, a reçu en 1839 une mention honorable, et en 1831 une médaille d'argent pour ses dents minérales et rateliers perfectionnés.

Le sieur Hattute est, en outre, auteur d'un ouvrage intitulé : *Considérations pratiques sur la carie des dents* (1847), et d'une notice sur quelques maladies des dents et de la bouche, dédiée aux gens du monde.

HABILLEMENTS.

MAGASIN

L'AMAZONE

16 ET 18, GALERIE VIVIENNE.

Ne pas confondre cette maison avec certains magasins de confection; les articles qui sortent de cet Établissement sont, sous le rapport du goût, de l'élégance et de la qualité, entièrement irréprochables.

L'AMAZONE est principalement connue pour entreprendre sur mesures; néanmoins, pour la plus grande commodité des étrangers, elle est toujours à même de pouvoir offrir un nombreux assortiment de vêtements d'après les formes les plus nouvelles et tout aussi bien établis que ceux faits sur commandes et surtout à des prix excessivement modérés.

ORGUES.

Paris. — E. De Soye, imprimeur, rue de Seine, 36.

GROSZ, chemises sur mesure, 35.
GUICHE, vêtements d'hommes, 55 à 59.
GUILLARD, marchand de jouets, 2.
GUILLON, fabrique de seringues, galerie des Petits-Pères, 8.
GUNTHER, arquebusier, 33.

HADENGUE, tailleur, 16 et 18.
HARMAND, tabletier, 17 et 19.
HATTUTE, dentiste, 13.
HESNARD, limonadier, galerie des Petits-Pères, 5.

JOANNÈS (mademoiselle), marchande de tabac, 37.
JULIARD, bonnetier, 34 et 36.

KLEIN (jeune), dessinateur, 49.
KRABBE (P.-H.), libraire-éditeur, 5 et 7.

LAMARRE, horloger, 66.
LEBREF (madame), corsets, 8.
LEPERS (Ch.), bijoutier, 44.
LESIGNE, libraire, 46.
LESPINASSE, table d'hôte à 1 fr. 60 c., 52.
LORY, rubans de soie, 70.
LUBINEAU et MARCILLY, limonadiers, 15 et 17

MACÉ, porcelaines, 45.
MAISONHAUTE, orfèvre, 30.
MARIA (madame), gants, 6.
MOUTON (madame), bijoux, 10.

PETIT (madame), modes, 25.
PHILIPPE, quincailler, 47.
POUPIN, parfumeur, 14.

REDON (E.), gants, 41.
RICHEMONT, tailleur, rue Neuve-des-Petits-Champs, 4.
ROSIER, toiles cirées, 20 et 22.
ROUSSEAU, coutelier, galerie des Petits-Pères, 7.

SASSIAS, parfumeur, 53.
SCHMIEDER, chaussure, 39.
SOIVE, changeur, 32.

TORCY, articles de voyage, 54 et 56.

VAUQUIER, opticien, 21 et 23.
WURTEL, horloger, 38 à 42.

PARIS

E. DE SOYE, IMPRIMEUR,

RUE DE SEINE, 36.

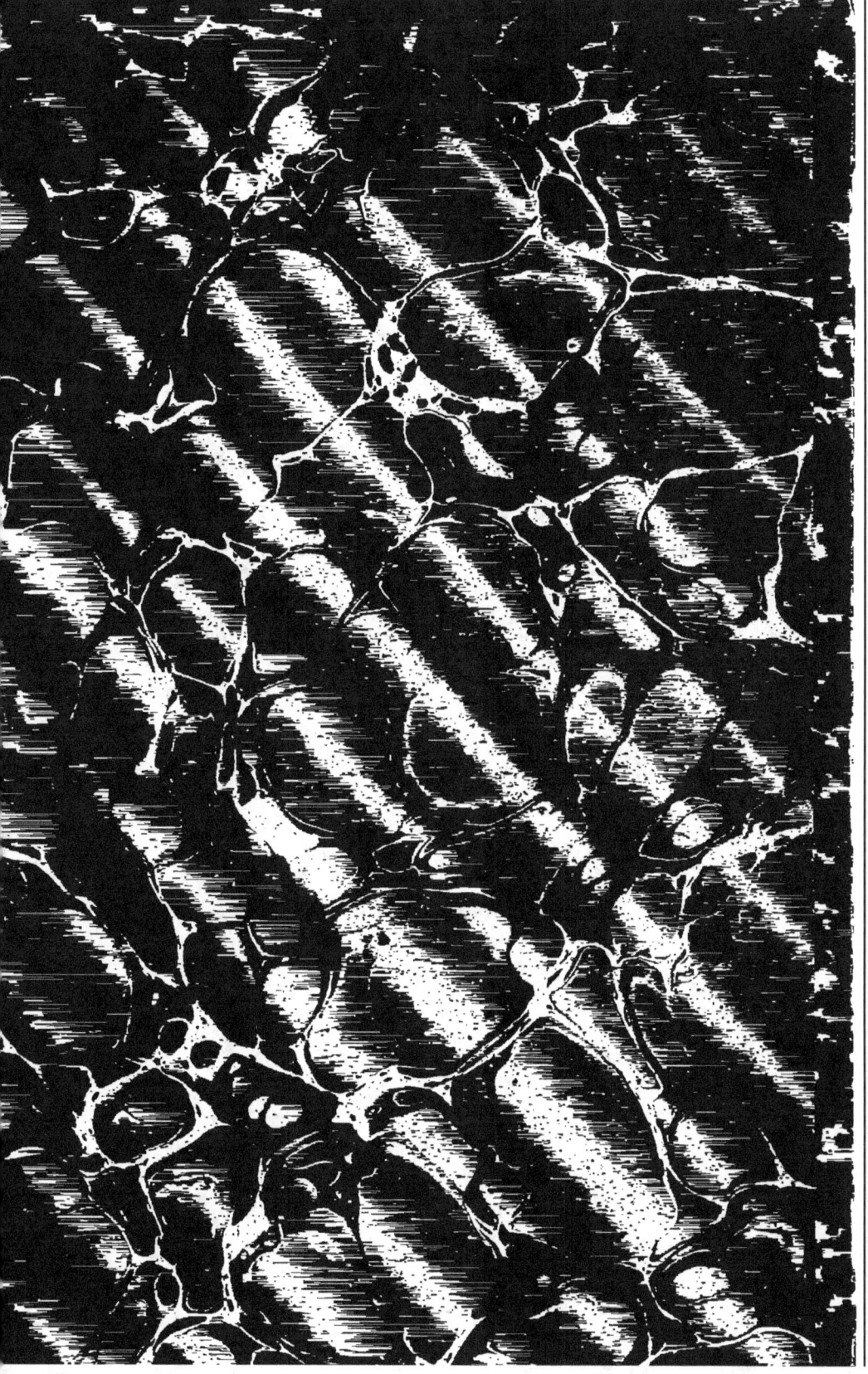

www.ingramcontent.com/pod-product-compliance
Lightning Source LLC
Chambersburg PA
CBHW071252210626
46818CB00013B/1396